KB188050

나는 서천의 중학생입니다

동강중학교 H.지구본 동아리

본 저작은 서천의 동강중학교 학생들이
마을에 대해 기록한 책입니다.

나는 새해 들어 84세를 맞은 노인입니다.

나는 동강중학교 졸업생입니다. 몇 회인지는 잊어버렸습니다.

나는 기산초등학교 1학년 때, 운동장 조회 시간에 똥을 쌌습니다. 그래서 '똥 장사'라는 별명을 얻었습니다. (이 이야기는 내가 쓴 장편 동화 [다섯 시 반에 멈춘 시계]에도 나옵니다) 이 사건으로 나는 친구들에게 왕따를 당했습니다. 그런데 어느 날 내가 쓴 글이 어떤 잡지 독자란에 실렸습니다. 이 일로 나는 학교와 마을에서 "쟤는 글 쓰는 애."라고 소문이 났습니다. 그래서 친구들의 왕따에서 벗어날 수 있었습니다. 그리고 오늘날 작가로 성장하게 되었습니다. 그 연유로 여러분과 이렇게 만나게 되었습니다.

세아 학생은 "우리는 넘어져 무릎에 멍이 든 걸 보고도 다시 일어나야 할 때가 있다. 그런 세상에서 살아가고 있는 우리, 참 고생이 많다."고 읽는 이를 웃음 짓게 만드는 재미있는 글을 썼습니다.

루희 학생은 춘장대 해수욕장의 갯벌에서 나와 씻고 나면, 할머니께서 바나나와 우유를 사주셨는데 그 맛이 수영 후에 먹는 라면 맛과 견줄만했답니다.

승연 학생은 초등학교 추억을 여섯 토막으로 나누어 솔직하게 썼습니다. 온유 학생은 장항 스카이워크와 송림 산림욕장을 욕심껏 자랑했습니다. 그러면서, 이 글을 지울까, 말까, 몇 차례나 고민하다가 독자들을 위해 남겨두었다고 말했습니다.

하영 학생은 갈대밭이 미로 같았답니다. 하늘은 어떤 때 푸르거나, 하얀 구름이 많았고, 때로는 노을빛과 섞인 구름이, 깜깜한 밤하늘에는 하나하나 별이 뜬 하늘이, 신성리 갈대밭을 떠나기 전 항상 반겨주었답니다.

동혁 학생은 천안이 집이다 보니 기숙사 생활을 하면서 주말이면 집에 가곤 한답니다. 천안역에 비해 서천역은'정말 작다'는 생각이 들었습니다. 지금은 위치도 바뀌고 역사도 새 건물입니다. 그래도 옛날 철길은 그 흔적이 그대로 남아있어 산책로로 활용되고 있답니다. 동혁 학생 글을 읽다 보니 나도 한 번 가보고 싶어집니다.

소요 학생의 글은 읽는 맛이 있습니다.

'찰랑거리는 물 표면으로 햇살이 비추어질 때면 반짝거리는 윤슬이 일어나곤 했는데, 나는 가끔 넋을 놓고 바라보기도 했다."

가율 학생은 마량리 동백나무 숲을 묘사하는데 아주 화려한 문장을 구사합니다.

"추운 겨울에 피는 꽃, 붉은 동백은 '사랑'이 아이라 '희망'을 의미할지도 모릅니다. 시리고 추운 겨울을 견디고, 1년 내내 그칠 새 없는 서해의 바람을 견딘 붉은 동백은, 내일은 덜 시릴 거라고, 더 화창할 거라고, 생각하며 견딘 희망찬 '내일'입니다."

마치 가슴 뜨거운 젊은 시인의 절규 같습니다.

윤식 학생은 어느 날 이상재 선생 생가 안으로 들어가다 문틀에 머리를 찧었는데, 옛날에 아버지도 그런 일을 겪으셨다고 했습니다. 아버지 키가 182센티미터, 아들의 키가 192센티미터나 되다 보니 이들 부자에게는 문 높이가 낮을 만도 합니다.

초희 학생이 초등학교 1학년 때, 그러니까 2017년 모시 축제에 엄마와 함께 가서 그린 그림도 아직 남아있답니다. 글을 읽다 보니, '한산 소곡주'도 한잔 생각났습니다.

윤서 학생의 학교 첫인상은 '시골의 조용한 작은 학교'였답니다. 그러나 오해였대요. 때가 되면 길바닥에서 만나는 땅강아지, 비 오는 날 나타나는 지렁이, 벤치에 앉아있는 달팽이, 방과 후 길을 가다 만나는 사슴벌레 암컷, 수컷이 아니라서 길고 멋진 턱은 보이지 않지만 작고 동글동글한 모습이 아담하단다. 하늘소. 그런가 하면, 학교생활이 끝난 후 밖을 내다보면 쏟아질 듯 하늘을 수놓은 별들이 있다고 합니다.

승혁 학생은 어린 시절 대부분을 할머니 댁이 있는 문산에서 보냈다고 합니다. 학생은 같은 사물이라도 보는 사람에 따라, 보는 각도에 따라 달리 보일 수 있다고 합니다.

서진 학생은 종천에는 논이 많아 다양한 생명체를 만났다고 합니다. 혼자 보기 아까운 종천의 자연 풍경을 그대로 글에 담을 수 없어 안타까워 합니다.

민서학생은 문헌서원에 대해 적었습니다. 목은 이색 선생께서 젊은 유생들과 공부하던 곳입니다. 다양한 체험을 생생하게 적었습니다. 민서학생의 체험을 따라가 봐도 좋겠습니다.

여러 편의 글을 끝까지 내려놓지 못하고 다 읽었습니다.

70여 년 전 내 모습, 너무도 예쁜 후배들의 마음과 생각과 글솜씨가 아름다워 부족한 점을 찾아낼 수 없었습니다. 학생들의 있는 그대로 모습을 볼 수 있어 즐거웠습니다.

후배들에게 마지막으로 인사하고 싶습니다.

사랑하는 후배 여러분, 안녕!

재단법인 권정생어린이문화재단 아동문학 담당 이사

강정규

PROLOGUE

책 제목을 정하는 것은 단순한 과정이 아니었습니다. 여러 차례의 토론과 투표, 그리고 서로의 의견을 나누며 우리는 한 가지 사실을 깨달았습니다. 이 책은 그저 한 권의 기록이 아니라, '서천의 중학생'이라는 우리의 정체성을 담은 이야기입니다. 책의 제목을 《나는 서천의 중학생입니다》로 정했습니다.

이 제목은 단순한 이름표가 아니라, 서천이라는 아름다운 고장에서 자라난 우리들의 자부심이며, 이곳에서의 추억과 경험을 온전히 담고 싶은 진심 어린 고백입니다.

서천은 단순한 지명이 아니라, 수많은 이야기의 집합체이자 누군가의 마음속에 소중히 간직한 고향입니다. 고택의 처마 끝에 맺힌 고드름, 들꽃마을의 연못 속 개구리와 물고기, 스카이워크 위로는 바다와 솔바람이 교차하며 수많은 이야기가 속삭입니다. 윤슬이 반짝이는 봉선 저수지, 동백꽃이 피어나는 마량리 언덕, 금성처럼 반짝이는 별이 수 놓인 동강중학교의 밤하늘, 문산의 고즈넉한 논밭과 시냇물, 그리고 종천의 조용한 풍경까지…. 이곳은 단순한 장소가 아니라, 우리가 사랑을 배우고 꿈을 키워온 시간의 박물관입니다.

1년 동안 학생들과 서천의 이곳저곳을 걸으며, 우리는 자연과 역사가 어우러진 이곳에 더 깊이 스며들었습니다. 아이들은 자신이 자란 땅을 기록하며 자신만의 언어로 이야기를 남겼고, 그 글 속에는 서천의 하늘과 바람, 꽃과 나무, 사람들의 따뜻함이 고스란히 담겨 있습니다.

서천은 하나의 '시간 박물관'입니다. 세월의 흔적이 처마 끝에 매달려 있고, 나무의 나이테처럼 촘촘하게 박힌 기억들이 우리 앞에 펼쳐져 있습니다. 동강중학교의 초록빛 담쟁이덩굴, 춘장대 갯벌에서의 모래성, 문헌서원에서의 차 한 잔, 장항 스카이워크의 푸른 바람, 종천의 시골길을 따라 걸으며 느꼈던 평온함, 문산의 노을빛 논밭… 이 모든 순간은 단순한 추억이 아니라 '우리의 이야기'입니다.

처음, 이 작업을 시작할 때, 교사로서의 바람은 단순했습니다. 학생들이 자신이 자란 이곳을 더 사랑하게 되길, 그리고 언젠가

이 글을 다시 꺼내 보며 따뜻한 미소를 지을 수 있길 바랐습니다. 그러나 페이지를 채우다 보니 깨달았습니다. 이 글들은 단순히 학생들의 기억을 넘어, 서천이라는 공간이 품고 있는 '영원한 시간의 편지'라는 것을요.

이 책은 단순한 기록이 아니라, 우리가 걸었던 길, 우리가 느꼈던 바람, 우리가 바라보았던 하늘의 작은 조각들입니다. 어느 날, 우리는 이 책을 다시 꺼내 볼 것입니다. 동강중학교 교정에서의 소박한 웃음, 문산의 시냇물 소리, 스카이워크에서 맞은 서늘한 바람, 종천의 가을빛 논밭, 문헌서원의 향긋한 차 향기, 봉선 저수지의 반짝이는 물결…. 그 모든 순간이 이 한 권의 책 속에 고스란히 남아 있습니다.

책장을 넘기는 여러분께서도 서천의 이야기를 천천히 따라가며 마음 한구석에 작고 따뜻한 추억 하나씩을 담아가시길 바랍니다.

《나는 서천의 중학생입니다》이 책을 통해 여러분도 서천의 한 페이지를 함께 걸어가기를 바랍니다.

지도교사, 이옥진

초가에 물든 하루,
처마 끝에 맺힌 추억

◇◇◇◇◇◇◇◇◇◇◇◇◇◇◇◇◇◇

이옥진

순수한 학생들과 함께한 시간이 가장 행복하고 나를 돌아보는 시간이었습니다. 학생들이 나고 자란 이곳이 모두의 마음속에 끝까지 남아있기를 바랍니다.

마을 입구 오솔길을 따라 걷다 보면 초가집 한 채가 모습을 드러낸다. 가까이 가보면 초가집 위에는 주렁주렁 박이 열려있고, 대나무 숲이 병풍처럼 펼쳐져 있다. 흥부와 놀부에서 나오는 제비가 이하복 고택에 박씨를 물어다 주었나 보다.

고택의 사랑채에 앉아 듣는 대나무 소리가 좋았다. 특히 해질

녘쯤이면 새들이 날아와 나뭇가지에 앉고 나기를 반복한다. 한 마리가 푸드덕 대고 날아가면 여기저기 푸드덕거리는 소리가 대나무 사이 바람 소리와 어우러져 오묘하게 들린다. 사랑채 툇마루에서 들리는 바람 소리는 세상 시름을 모두 가져간다.

안채 부엌 아궁이에 불을 지필 때면 그 냄새가 정말 맛있다. 소리도 맛있다.

마을 아주머님께서는 들기름으로 솥이며 툇마루를 반지르르 닦아내신다. 들기름으로 발라진 마루는 세월의 흔적을 먹어 더욱 색이 짙어진다. 그 솥단지에서 밥이 익는 냄새는 정말이지 말로 하기 힘들 정도다. 누룽지 한 조각을 멋쩍게 받아먹고는 싸리비를 들어 마당을 한번 쓸어 본다.

이하복 고택에는 봄, 여름, 가을, 겨울 다 특색이 있지만, 나는 특히 겨울의 정취를 좋아한다.

가을 추수가 다 끝난 후 초가이엉을 새로이 하고 샛노란 지붕을 한 초가집에 눈이 쌓이면 아무도 밟지 않는 마당에 내 발자국과 주인이 누구인지 모르는 강아지와 발자국을 함께 찍곤 한다. 발자국을 한참 찍다 툇마루에 걸터앉아 있으면 지붕에서 눈 녹는 소리가 들린다. 소리를 따라 고개 들어 지붕을 쳐다보면 어마어마한 고드름이 주렁주렁 매달려 있다. 하나 따 먹을 참이면 손이 시려 이 손 저 손 옮기다 그만 땅에 떨어뜨리고 만다. 그래도 아쉽지 않다 아직 많이 남아 있으니까.

추위를 녹이려 부엌의 아궁이 앞에 앉아 본다. 부지깽이로 한참을 뒤적이다 고구마 한 개를 찾아낸다. 정말이지 운 좋은 날이다.

아홉 식구가 살았다는 방에 들어가 본다. 이 작은 방에서 어떻게 살았을까 싶지만, 가족의 정을 충분히 느끼지 않았을까? 방문도 참 많다. 이 문 저 문 열다 보면 재미있고 신기하기도 하다. '봉창'을 알려나? 원래부터 있던 봉창도 있지만, 이곳에는 창호 하나를 떼어 내고 밖을 내다보는 작은 봉창도 있다. 그 창으로 내다보니 굽어진 마을 길이 보인다. 아마 멀리 마을 입구에서 걸어오는 가족을 기다렸을지도 모른다고 생각했다.

이하복 고택에는 그 당시 고택 사람들이 살았던 생활 모습과 유물을 그대로를 간직하고 있다. 안채의 옷장과 재봉틀, 광의 놋그릇과 소쿠리, 그리고 마당의 고드레돌과 농기구들 장독대까지. 그중 가장 신기한 것이 노루발과 꽃가마이다. 서랍 속에 잠자고 있는 노루발을 보니 마당의 우물에서 부엌까지 얼마나 많은 물지게를 짊어지고 날랐을까 하는 생각에 고단함도 느껴진다. 대대로 종

가댁 며느리들이 시집올 때 타고 왔다는 가마는 화려하지는 않지만, 그 모습을 그대로 간직하고 있다. 가마 안에는 어린 새색시를 위한 요강도 볼 수 있다. 너무 작아 그 용도가 의심스러우나 그 당시 결혼 연령을 생각하면 이해 못 할 것도 없다.

　이곳저곳 둘러보다 보면 한두 시간은 훌쩍 지나간다. 마치 보물을 찾은 듯 감탄을 하기도 한다. 국가 지정 민속 문화재인 이곳 이하복 고택에서의 하룻밤은 나에게 가족을 생각하게 해주는 아름다운 추억의 장소이다.

변화 속의 따스한 추억

◇◇◇◇◇◇◇◇◇◇◇◇◇◇◇◇◇◇

김세아

　눈을 뜨니 역시 손발이 얼 것처럼 춥다. '아, 오늘 도서관 가는 날인데….' 하며 옷을 고르고, 잘 사용하지 않는 안경까지 골라 쓰고 나선 집을 나선다. 딸기코로 눈길을 걷다 보면 눈앞에 도서관이 나타난다. 꽁꽁 언 손발을 감싸안고 문을 여니 언제부터 데웠을지 모르는 따스한 공기가 나를 감쌌다. 정다운 안식처가 나를 반긴다. 다정한 책의 향과 많이 읽어 헤진 책들, 마치 내 지정석이었던 것인 양 익숙한 자리 모두 나를 반겼다. 엄마는 내가 2살 때, 도서관에서 운영하는 '북스타트' 라는 활동에 참여하시며, 나를 데리고 다니셨다. 나는 '북스타트'로 알게 된 여우네 도서관에서 어린 시절을 보냈다. 그때의 나는 책을 읽는 게 뭐가 그리 좋았는지 지금도 궁금하다. 책을 소리 내며 읽는 기억이 떠오를 때면 나는 미소를 짓는다. 아마 마을 도서관의 매력은 엄숙하고 진지한 분위기의 다른 도서관과 다르게, 서로 정을 나누고 생각을 나누며 함께 웃을 수 있다는 것이다. 아마 도서관에서 만났던 사람들도 그걸 느꼈겠지.

여우네 도서관에서 만난 수많은 인연과 지금도 서로의 소식을 듣곤 한다. 예전에 언니라고 부르며 잘 놀았던 언니가 어느 직장에 다니는지 들었다. 나는 아직 어린데, 한순간에 커버린 언니가 신기했다. 나도 동생들에겐 그런 존재가 될 것을 아니 느낌이 이상하다. 이 외에도 여러 사람들이 요즘엔 무엇을 하며 지내는지가 종종 귀에 들려온다. 시간이 많이 흘렀는데도 서로의 소식을 알 수 있다는 게 놀랍다. 이곳에서 대한민국의 그 정을, 다시금 느낄 수 있는 곳이지 않을까라는 기대를 해본다. 도서관에서는 바자회를 열어 서로의 물건을 구경한다. 나는 깐깐하게 값을 비교하며 행복한 고민에 들어선다. 나의 것만을 생각하지 않고 다른 사람의 행복을 바라며 구매한다. 그런 한순간 한순간이 너무 소중하다. 방학 캠프에선 웃으며 서로의 귀에 소소한 비밀을 나누다 잠에 들고, 작가와의 만남이라는 프로그램에서 특별한 경험을 쌓았다. 이런 경험은 어린 시절을 아름답게 만들어준 축복이다.

우리는 축복이 늘 영원하고 한결같길 바라지만, 십 년도 넘게 자리를 지켜왔던 곳이라 변화가 눈에 안 보일 순 없다. 아이들이 뛰놀던 자리에 이젠 어른들도 함께 어울린다. 하지만 여전히 모두를 위한 공간이다. 정말 모두가 부담 없이 찾아와 소통할 수 있는 곳이다. 도서관에서 자란 아이들이 이젠 도서관의 행사를 도우며 조용히 미소 지어 보이는 것조차도 모두 다 변해간다.

빠르게 변화하는 세상에서 우리는 때때로 두려움을 느낀다. 우리는 늘 불안에 떨진 않을 것이기에 변화를 준비하고 기다린다. 나는 변화란 그저 낯설고 두려운 줄만 알았다. 나의 주변은 이미 서서히 변해가고 있었고, 그 변화가 왜 이리 평화롭고 따스한 것인지 이제야 알았다. 많은 것이 변하는 순간에도 변하지 않고 있어 주는, 여우네 도서관에서 변하지 않고 있어 주는 그 작은 것들이 나의 버팀목이 되어 주었다.

익숙한 것들이 나를 반기며 날 위로해 주었다. 우리는 넘어져 무릎에 멍이 든 걸 보고도 다시 일어나야 할 때가 있다. 그런 세상에서 살아가고 있는 우리, 참 고생 많다. 그런 우리에겐 웃으며 소통할 곳이 필요하다. 바로 옆에 있는 다른 사람들과 소통하며 웃을 수 있는 그 즐거움을 잊고 지내는 것만 같아 마음이 아려온다.

나는 한없이 뛰어가다가도 문을 열어 모두가 즐거워하는 웃음소리를 들어본다. 소리만 들어도 나도 같이 웃고 마음을 나누며 대화를 건넬 수 있다. 그곳에서 우리 모두 말하지 않아도 사랑의 감정이 오가는 것을 느낄 수 있기를 바란다.

내 마음대로 놀이터

◇◇◇◇◇◇◇◇◇◇◇◇◇◇◇◇◇◇◇◇

이루희

춘장대(충남 서천군 서면의 해수욕장)에는 아카시아 숲으로 둘러져 있는 캠핑장이 있는데 여름에도 시원해 캠핑을 하기 위해서 놀러 오는 사람이 많은 편이다.

나에게 춘장대는 놀이터이다.

어릴 때 할아버지 집에 놀러 가면 항상 할아버지께선

"루희야 춘장대 갈까?"

하며 물으시곤 하셨다. 그때부터였는지 부모님도 할 일이 없으실 때면 항상

"루희야 춘장대에 바람 쐬러 갈까?"

라며 물으셨다.

"강아지를 산책시킬 때도 춘장대 가서 산책시킬까?"

라며 물으신다.

항상 춘장대 갈까? 하며 묻는 이유는 우리 할아버지 집이 춘장대와 가깝기 때문이다. 어린 시절에 할아버지께서 데려가시던 곳은 갯벌이었다. 할아버지께서 모시던 차는 파란 트럭이었다. 앞 좌석에는 세 명밖에 앉질 못해서 트럭 짐칸에 의자를 만들어주셔서 오빠들과 트럭 뒤 칸에 타고 갯벌로 향했다. 지금 생각해 보면 할아버지의 파란 트럭을 타고 갯벌에 가는 걸 좋아했던 것 같다. 갯벌에 도착하면 할머니와 같이 조개 잡기 도구를 들고 오빠들과 누가 조개를 더 많이 잡는지 내기했다. 내기에 항상 지던 나는 어린 마음에 억울하기도 하고 분하기도 해서 오빠가 잡은 조개를 몰래 바닥에 조금씩 버렸다. 갯벌에서 나와 개수대에서 모래를 다 씻고 나면 할머니께서 바나나 우유를 사주셨는데, 조개를 잡고 먹는 바나나우유의 맛은 수영 후 먹는 라면과 견줄 만했다.

명절 때에도 빠지지 않고 춘장대를 갔다. 초등학교 3학년 추석 명절 때 나는 해파리가 있다는 말을 듣지도 않고 바다에 들어갔다가, 해파리에 쏘인 적이 있다. 괜히 바다에 들어가서 해파리에 쏘였다고 말하면, 부모님께 혼이 날까 봐 집에 갈 때까지 숨기다가 결국 응급실로 갔다. 그때 일을 생각하면 춘장대가 싫어질 만도 한데 아직까지 그리운 걸 보면 할아버지와의 추억이 남아 있어서인 것 같다.

또 사촌오빠들과 춘장대에 갈 때마다 모래로 바닷길 만들기를 한다.

내 성질 때문인지 모래성을 쌓다가 조금만 무너져도 만들기 싫어진다. 그래서 사촌오빠들이 바닷길을 만들면 나는 꽃게를 잡고 있다가 물이 들어오도록 담을 무너뜨리는 일을 도맡아 했다. 그때마다 나는 왠지 모를 희열도 느꼈다.

생수병을 하나 들고 가서 바다를 걷다 보면 예쁜 조개들이 보인다. 그걸 병에 담아서

예쁘게 꾸몄다. 모랫바닥을 관찰했을 때 작은 꽃게들이 움직이면 그 아이들을 한두 개 정도 잡아서 병에 넣은 뒤 열심히 키워서 간장게장을 담을 거라고 집에 데려갔던 기억이 있다.

요즘은 예전과는 달리 춘장대에 사람들이 잘 찾아오지 않는다. 하지만 내 추억이 담긴 춘장대를 나는 오랫동안 기억하고 싶다.

하얗게 물든 기산초등학교

◇◇◇◇◇◇◇◇◇◇◇◇◇◇◇◇◇◇◇◇

정승연

유치원을 다니던 나는 어느덧 초등학교에 입학하게 되었다. 1학년 때 반은 벌레가 우글우글한 벌레 계단 옆이었다. 벌레 계단은 1년 사계절 내내 벌레가 있어서 벌레 계단이라 부른다. 그렇지만 이 벌레 계단은 급식 먹으러 갈 때만 되면 인기가 많아진다. 벌레 계단이 급식 먹으러 갈 때 제일 빨리 갈 수 있는 지름길이기 때문이었다. 그렇게 급식만 먹으면서 학교생활을 하니까 벌써 2학년이 돼 있었다.

2학년 때 우린 본격적으로 텃밭을 가꾸기 시작했다. 그 텃밭은 피아노실과 같이 있다. 그때 우리가 직접 가꾸고 먹은 감자와 고구마가 너무 맛있었다. 그때쯤이면 방과 후 시간에 피아노를 하러 텃밭 쪽으로 갔는데 그때마다 우리는 텃밭에 우리 고구마와 감자가 잘 있는지 확인도 하고 물도 주고 엄청 열심히 가꾸었다. 그렇게 텃밭을 가꾸다 보니까 나는 벌써 3학년이 되어있었다.

나는 아마 3학년 때부터 공부와 안 친했던 거 같다. 그때부터 몸으로 노는 걸 좋아해서 그때는 아마 내가 제일 좋아했던 과목이 체육이었을 거다. 그래서 난 우리 위층에 있는 소강당을 좋아했다. 그렇지만 우리는 그 소강당을 다목적실이라 불렀다. 그 다목적실에는 작은 박물관 같은 게 있다. 그 박물관에는 소금, 대금, 짚신 등이 있어 우리 옛 조상님들이 뭘 입고 뭘 사용했는지 알 수 있었다. 그래서 난 체육활동을 하면서 그 옛 조상들이 사용한 물건을 살펴 가며 체육활동을 했다. 그렇게 다목적실에서 체육활동과 옛 조상들이 사용한 물건을 살피다 보니 또 일 년이 지나있었다. 그렇게 난 벌써 졸업에 한 걸음씩 다가가고 있었다.

4학년 때부터 난 밖에서 돌아다니는 걸 유독 좋아했던 거 같다. 그래서 가만히 있지를 못했다. 그때부터는 쉬는 시간, 점심시간마다 밖에 있는 들꽃마을에 가서 놀았다. 들꽃마을을 명상 숲이라고도 부른다. 하지만 우리는 들꽃마을이라 부른다. 그 들꽃마을에는 작지만, 생물들이 사는 연못, 많은 식물, 앉아서 쉴 수 있는 정자와 나무 벤치, 그리고 우리 들꽃마을을 지키는 장승 난 연못을 보면서 개구리를 찾고 작은 물고기를 찾으며 놀았다. 이렇게 보니까 나 약간 얌전한 아이였나? 라는 생각도 든다. 그렇게 들꽃마을에 있는 연못을 보다 보니 벌써 또 졸업에 한 발자국 더 다가간 5학년이 돼 있었다.

이때도 마찬가지로 공부와 친하지는 않았지만, 책 읽는 건 좋아했다. 근데 그때는 우리 독서실이 리모델링하기 전이라서 많이 무서웠다. 5학년이 끝날 무렵 우리 학교 도서관 리모델링이 끝났다. 그때부터 유독 독서실에 많이 가서 책을 읽었다. 나는 도서관에서 매일 책을 보는 자리가 있는데 그 자리는 바로 도서관에 있는 빈백 소파이다. 일반 소파보다 그 빈백 소파가 더 편하고 좋아서 도서관에 많이 간 거 같다. 그렇게 책을 읽으며 지내다 보니 벌써 나는 졸업이 다가오는 6학년이 됐다.

난 6학년 때 다시 조금 공부와 친해져 공부를 엄청 했었다. 그렇게 공부만 하다 보면 힘들어서 선생님께 시집을 들고 밖에 나가서 야외 수업을 하자고 했다. 야외수업을 할 때 들꽃마을에 있는 나무 벤치에 앉아 시집을 쓰며 밖에 있는 풍경을 봤다. 봄에는 분홍빛으로 물든 벗나무가 우리 학교를 분홍빛으로 만들어줘서 정말 예쁘고 여름에는 매미가 찌르르 우는 소리가 내 마음을 편안하게 해줘서 좋고 가을에는 잎이 떨어지는 단풍나무, 은행나무가 우리 학교를 빨갛게 노랗게 물들어서 예쁘고 겨울에는 눈이 쌓여 있는 우리 학교가 겨울왕국 같아 너무 예뻐서 좋았다. 그런 학교를 졸업한다니 잠깐 졸업하기 싫다는 생각이 잠깐 들었다. 우리는 봄에 엄청 예쁜 능수 벗꽃 나무에서 단체 사진을 찍는다. 그때는 기산 초등학교를 졸업하려면 많이 남았구나 싶었지만, 하루하루 지날수록 너무 시간이 빨리 지나갔다. 그렇게 찬 바람이 부는 겨울날 나는 하얗게 물든 학교를 졸업했다.

바닷바람일까, 솔바람일까

◇◇◇◇◇◇◇◇◇◇◇◇◇◇◇◇

노온유

충남 서천에 몸담은 사람 중 대부분은 장항 스카이워크와 송림 산림욕장을 추억한다. 나의 경우, 저 먼 어린 시절 장항 송림숲에 잠시 들러 동생과 놀던 중 잠시 고개를 들어보니 우연히 푸르던 소나무 무리 속 청설모와 눈 맞추었던 기억이 있다.

장항 송림 산림욕장은 충청남도 서천군 장항산단로 34번길에 위치해있다. 잘 알려진 국립 생태원과 가까워, 도보로 이동할 수 있다. 이처럼 내가 사는 지역과 가까워 현장 체험학습으로 자주 갔던, 지겨운 장소였던 이곳은 현재 나에게는 하늘, 숲, 바다의 어울림을 엿볼 수 있도록 나의 시야를 넓혀주는 장소가 되었다. 스카이워크의 맨 끝. 그곳의 바람이 좋다. 바다와 함께여서일까? 바람마저 파랗다.

스카이워크에서 본 바다는 푸른 바다가 아닌 연한 회색이다. 바람을 타고 바다에서 불어오는 바람은 소나무에 부딪친다. 부딪친 바람에 느껴지는 초록빛 소나무 향기는 푸르다. '피톤치드인가?'

그 순간 발 빠르게 지나가는 아이들을 중심으로 퍼져나가는 진동에 잠시 주춤한다. 10분이 지나고 난 후, 이제야 목적지가 보인다. 정말 가깝다. 다만 바닥이 유리인 것이 문제였다. 고소공포증이 있는 '나'는 후들후들 다리를 떨며 전망대 끝에 도착했다.

스카이워크에는 다양한 사람들이 온다. 체험학습 온 초등학생들, 중학생, 고등학생들. 가끔 산책 나오신 어른들과, 아이와 여행하러 온 부부들의 얼굴을 따라 나도 웃는다.

그분들의 행복에 물들어버려서 그런가보다.

조금 부끄러운 기억도 있다. 쓰는 중에도 지울까 몇 차례나 고민했지만 용기를 내보았다. 내가 기산초등학교를 다닌 시절 쓰레기 줍기 봉사를 다녔다. 한여름, 끈적한 날씨에 모래바람이 불어오니 나의 불쾌지수는 정점을 찍고 있었다.

"야! 땡땡이칠래?"

내 친구의 한마디뿐인 제의로 우리는 소위 말하는 '땡땡이'를 치기로 했다. 쓰레기 줍기를 멈추고 친구들을 따라 걸었다.

"놀이터잖아!"

스카이워크에는 구색을 갖춘 놀이터가 있었다. 나무로 된 집라인에, 세 명이 있어도 다 같이 탈 수 있는 3명 시소, 또 바닥이 용암인 척 구조물에서만 뛰어다닐 수 있는 길게 늘어져 있는 통나무 길도 있었다. 총 두 개의 미끄럼틀이 있었고, 그 둘을 잇는 아슬아슬한 통나무 다리도 있다. 그물망 다리에 두꺼운 밧줄을 건너야 했다. 우리는 놀고, 놀았다. 30분이 아니라 1시간 25분이나 지났다. 결국엔 쓰레기 줍기 봉사는 까맣게 잊었다. 봉투는 채우지 못했다. 하지만 마음은 채웠다. 즐거웠다. 신이 내려와 시간을 돌려준다 해도 같은 선택을 할 것이 분명하다. 추가로 바닷가 모래사장으로 나가 쓰레기를 마저 주워야 했지만 말이다. 친구들과의 추억이 스카이워크를 따라 뻗어있다.

내가 아무리 이곳에서의 추억과 아름다움을 늘어뜨려 놓아도, 주변에 편의시설 하나 없는 곳이라면 아무도 오지 않을 것이다. 즐거움은 먹는 것과 함께 있어야 한다. 장항 스카이워크 주변에 여러 시설이 있다. 먼저 '로뎀의 집'이라는 카페가 있다. 이곳의 망고 빙수는 시원하면서도 달콤한 게 바닷가에 노니는 소녀의 기분 같다. 또 새로 나온 신제품인 오디주스도 먹어보았다. 달콤한 벌꿀 맛의 첫맛이 끝나면 씁쓸한 맛이 끝맛으로 남는 것이 참 첫사랑 같은 맛이다.

백사장에 음료 몇 잔 사서 앉아 경치를 음미하며 숨을 크게 들이마시면 바닷바람이 그대로 느껴진다. 스카이워크의 바람은 솔바람일까, 바닷바람일까?

녹색 나무 사이를 헤쳐 가면 솔바람 같기도 하고, 광활한 바다 저 너머 들여다보며 백사장에 서 있다 보면 바닷바람 같기도 하다.

송림백사장: 아빠와 추억

∞∞∞∞∞∞∞∞∞∞∞∞∞∞∞

노온유

2023년의 끝자락, 2024년이 되기까지 10분 남았을 때 아버지는 공포 체험이랍시고

우리를 끌고 어둑어둑한 밤길을 헤쳐 스카이워크 송림백사장에 도착했다.

빼곡히 우거진 소나무 그늘이 내 발목 잡듯 늘어졌다. 나와 2살 차이 나는 동생과 공포에 휩싸였다.

전날 라디오를 들은 것도 문제였다. 바다에서 죽은 여자가 여행하러 온 가족들을 물밑으로 끌고 내려간다는 내용. 동생과 나는

같이 라디오에서 사연을 들었다. 아버지가 무섭지 않다고 다독여야 할 사람이 한 명이 더 는 것이다.

너무나 두려운 나머지 가기 싫다며 길에 나앉아 떼를 썼다. 단순 투정의 경계선을 넘어 짜증이 될락 말락 할 때!

"아빠가 내일 맛있는 거 사줄게."

아무리 무서운 귀신도 맛있는 것을 이길 순 없다. 귀신은 생각일 뿐이고 맛있는 것은 진짜니까. 가까스로 무서움을 이겨내, 소나무의 그늘을 떨치고 해변에 첫발을 디딘 순간

"우와!"

날도 좋고 공기도 좋은 밤인지라 별이 그대로 보였다. 북극성과 카시오페이아자리를 바탕으로 밝게 빛나는 달이 밤하늘의 클라이맥스를 장식했다.

2023년 11시 55분

아버지는 준비하신 폭죽을 꺼내셨다.

검은 하늘을 도화지 삼아 하나하나 꽃피는 불꽃들. 참으로 아름다웠다.

공포는 하나 없이 사라지고, 환희만 남았다. 아버지는 나와 동생의 얼굴을 보고 나름 뿌듯해하셨던 것 같다. 곧 2024년이 되기

에 밝게 뜬 보름달에 다 같이 소원을 빌었다. 소원 내용은 비밀이다. 소원 내용을 말하게 된다면 이루어지지 않기에.

내 추억의 상자, 신성리 갈대밭

◇◇◇◇◇◇◇◇◇◇◇◇◇◇◇◇◇◇◇◇◇

민하영

신성리 갈대밭에 갈 때면 아버지가 매번 내려주시고 나와 형, 어머니 셋이서 같이 먼저 들어갔었다. 매번 들어가기 전, 형과 나는 군밤을 사달라고 했는데 그 군밤의 맛은 아직도 잊을 수가 없다.

그렇게 군밤을 손에 한 봉지씩 쥐여주시면 한 손에 군밤을 들고 어머니, 형과 함께 길을 걷기 시작했다. 가다 보면 어느새 아버지가 주차를 마치고 오신다.

계속 걷고 걸어가다 보면 갈대밭 내부로 들어가는 길이 나오는데 들어가기 전, 매번 기대했다.

그 길은 아래에 구멍이 뚫려있어 바닥을 볼 수 있었는데, 아래를 보면 내 아래에 바로 땅이 있는 걸 보고 굉장히 신나 하면서 뛰어다녔었다.

위쪽에서 쭉 걸어가다 보면 강이 보이는데, 그땐 강조차도 너무 신기해서 어머니한테 강이 있다면서 신기했다.

그 상태로 갈대밭으로 내려가면 나보다 키가 몇 cm는 커 보이는 갈대를 보고 '우와'라는 리액션과 함께 갈대밭에 만들어져있는 길을 따라다니기에 바빴다.

그럴 때마다 항상 정신을 차리고 보면 혼자가 되어 어머니를 찾으러 다시 돌아다녔을 때도 있었다. 마치 미로 같았다.

길을 따라가면 둥근 모양의 휴식처가 나오는데, 거기선 분명히 쉬라고 만든 거였지만 나에겐 놀이터나 다름없었다.

놀이터라 할 정도로 텐션이 떨어지지 않았다. 물론 크고 나선 그 텐션이 사라졌지만.

하나의 놀이터를 지나고 나선 밤을 거의 다 먹어갔었다. 그때는 이미 체력이 많이 빠져서 지칠 대로 지친 상태였다. 하지만 조금만 더 가면 포토존이 있었는데, 어머니가 사진을 찍어주실 땐 항상 웃으라고 하셔서 지쳤음에도 불구하고 활기가 많은 척을 했다.

이후부터 거의 끌려다니듯이 다녔었다. 빨리 집에 가고 싶은 마음이 있었지만, 돌아보면 더 놀 걸 이라는 생각에 아쉬운 마음이 든다.

지친 나를 깨워주는 딱 하나가 있었는데, 그건 바로 달고나다.

군밤을 팔던 곳에 달고나도 팔았는데, 정확히는 달고나 만들기 체험이었다.

처음에는 어머니가 안 된다고 하셨지만, 좀 큰 후에는 시켜주셨다.

지금 가도 잘 못 만들 것 같은데, 당시에 만든 달고나 사진을 보면 엄청 잘 만들었었다. 과장해서 진짜 팔아도 될 수준...은 아니고 그냥 나이에 비하면 잘 만들었던 편이었다.

만든 달고나를 한 손에 꼭 쥐고 아버지가 올 때까지 하늘을 바라보면 어떨 때는 푸르고 하얀 구름이 많은 하늘이, 또 어떨 때는 노을빛과 섞인 구름이 떠 있는 하늘, 어떨 때는 캄캄한 밤하늘에 하나하나 빛나는 별이 뜬 하늘들이 신성리 갈대밭을 떠나기 전 항상 나를 반겨주었다.

나는 예나 지금이나 그런 하늘들을 보고선 생각한다.

'이 순간이 마치 시간이 멈춘 것처럼, 오랫동안 끝나지 않았으면 좋겠다.'

내가 처음 만난 기차역

◇◇◇◇◇◇◇◇◇◇◇◇◇◇◇◇◇◇

이동혁

기차를 처음 탄 날 서천역을 만났다. 먼저 나는 서천에 있는 중학교에 다니지만, 천안에 살고 있다. 나는 기숙형 중학교에 다니는데, 주말에는 집으로 돌아가야 했다. 그럴 때면 부모님께서 서천으로 데리러 오신다. 하지만 점점 천안에서 매주 부모님과 차로 오가는 것은 무리가 되었다. 부모님은 나를 서천에 데려다주실 때 4시간, 천안으로 데리고 오실 때 4시간, 총 왕복 8시간을 운전하는 것은 너무 힘들어하셨다. 기름값도 아끼고 부모님께 효도하는 겸 자연스럽게 기차를 타게 되었다.

처음 천안역에서 기차를 타고 서천역에 도착했을 때 생각했다.

'정말 작다.'라는 생각이 들었다. 기차에 대해 잘 알지는 못했지만, 철로가 내가 타고 온 장항선의 상행선, 하행선만 있었다. 다른 곳으로 가는 철로는 보이지 않았다. 역 밖으로 나오자 더더욱 실감이 났다. 주차장과 버스 정류장, 택시 승강장, 그리고 도로 외에는 아무것도 없었다. 식당도, 편의점도 보이지 않았다. 지금은 서천역 주변에 새롭게 신청사가 생겼지만, 여전히 주변에 크게 달라진 것은 없다.

서천역에 도착할 때는 큰 불편이 없었다. 힘들었던 건 집으로 돌아갈 때였다. 주말에는 기숙사를 운영하지 않아, 매주 금요일이면 집으로 돌아가야 했다. 학교가 오후 4시 10분에 끝나기 때문에 5시 30분 기차를 타도 천안에 도착하면 저녁 7시 30분쯤 됐다. 집에 들어가면 8시가 넘기 일쑤였다(나는 분명 4시에 하교를 했는데?). 그렇게 집에 오면 바로 밥을 먹는다. 평소보다 2시간 늦게 저녁을 먹는 게 별 차이 아닌 것 같은데 진짜로 배가 고…ㅍㅏ…

2년 전쯤의 일이다. 역사 뒤편에 있는 7분 거리에 있는 편의점을 찾아서 자주 들르곤 한다. (지도에 표시된 쌍용자동차 서비스센터 근처다) 편의점에서 정성껏 먹을 라면을 고르고 1+1인 콜라를 사면 진짜 학교 기숙사에서 해방되고 집에 돌아가는 듯한 감정이 올라온다. 물론 배고파서 먹은 이유가 제일 크지. 근데 이것도 지금은 귀찮다. 그 10분 걸어가는 게 귀찮아서 그냥 배고픈 체로 집에 가서 밥을 청소기처럼 흡입하는 게 편해진 것 같다. 또 하나의 어려움은 시내버스 간격이 30분이라는 점이다. 버스를 놓치면 다음 기차 시간에 맞추기 위해 타임어택을 해야 할 때도 있다. 아, 근데 실은 버스를 놓쳐서 기차를 아슬아슬하게 탄 경우는 별로 없다. 서천역에 도착해 학교에 가려고 버스를 탈 때 그 버스를 놓치게 됐는데 그게 막차였을 때가 있었다. 버스가 막차가 아니었다면 20~30분만 기다리면 되지만 막차라면 어두컴컴한 밤에 2시간을 걸어가야 한다. 그것도 논이 펼쳐진 시골길을…. 밤이어서 칠흑같이 까맣다고 상상을 해 보기 바란다. 택시를 타면 되지만 당시 택시비 없던 한 학생은 2시간을 걸어가게 된다.

참고로 서천의 대부분 버스 시간표는 버스 터미널에서 출발시간이어서 대부분 시간표에 쓰여 있는 시간보다 5~10분 정도 늦게 온다. 버스 시간표 전광판 같은 신기술로 만들어진 물건은 보기 힘들다.

한번은 기차 안내 방송을 듣지 못해 지금 정차하는 역이 서천역인지 아닌지 헷갈리고 있는데 창밖의 역을 바라보니 무슨 역인지 보이지 않고 시계를 봤는데 서천역 도착할 즈음 시간이고 밖도 서천역과 똑같이 생겨서 '서천역이겠지'라고 생각하고 내렸다. 그때까지도 내가 잘못 내린 줄 모르고 있었다. 그렇게 실내로 내려가고 뭔가 이상했다. 가장 큰 홀로 가는 길이 서천역과 비슷했지만 무언가 달랐다. 바닥의 타일이 다르고 길 가장자리에 못 보던 돌멩이도 있었다. 그리고 가운데 홀로 들어갔을 때 확실히 깨달았다. 천장의 생김새, 타일, 건물의 구성까지 다 달랐다. 판교역이었다. 서천역이 아니라 판교역이었다. 그 시간에 판교는 서천으로 가는 버스가 없어서 판교를 방황하다 다행히 학교 기숙사에 계신 선생님의 도움을 받아 학교로 갈 수 있었다. 나는 이 이후로 어딘지 모르면 빠른 속도로 휴대폰을 꺼내 지도로 내 위치를 본 다음에 내리는 습관이 생겼다.

서천역에 대해 한 가지 흥미로운 사실이 있다. 현재의 서천역은 사실 원래 위치가 아니고, 15년 전에 지금의 서천역이 있는 자리로 옮겨졌다. 원래 서천역의 위치는 지금의 서천군청 신청사가 있는 자리였지만, 2019년 신청사 공사를 하며 철거되었다. 현재 서천역은 1978년 6월에 착공되었고, 2009년 장항선 개량 사업의 일환으로 구 서천역에서 이곳으로 옮겨졌다. 구 서천역은 이후 맑은 물 사업소로 운영되다가, 2019년 3월 1일에 철거되었다.

예전에 쓰였던 철로의 흔적이 남아 있는데, 지금은 산책로로도 활용되고 있다. 내 친구는 이 길을 자주 자전거로 타고 둘러본다. 특히 봄에는 개나리가 많이 피어 자전거를 타기 좋은 길이라고 한다. 서천역길을 따라가다 보면 국립생태원도 볼 수 있다고 하니, 나도 기회가 되면 이 길을 자전거를 타며 둘러보고 싶다.

봉선 저수지에 잠긴 추억

∞∞∞∞∞∞∞∞∞∞∞∞∞∞∞

심소요

서천에 이사 오고 얼마 안 됐던 날, 부모님과 서천 읍내로 나가며 처음으로 봉선 저수지를 보았다. 끝없이 펼쳐진 거대한 물웅덩이. 작고 어렸던 난 그곳을 바다라고 생각했다. 내가 이전에 살았던 도시에서는 그렇게 끝도 없이 펼쳐진 물은 없었다. 심지어 서천으로 이사 오며 서천은 바다와 맞닿은 곳이란걸 들었기에 당연히도 바다라고 생각했다. 물론 엄마 아빠가 곧 바다가 아니라 물을 저장해 두는 저수지라고 알려줬지만. 어린 시절의 나에겐 상당히 충격으로 남았다. '바다가 아닌데도 저렇게 넓디넓을 수 있나?' 얼마 지나지 않아 나는 초등학교에 입학했다. 나는 매일같이 저수지를 보곤 했다. 초등학교 스쿨버스가 그곳으로 지나다녔기 때문이다. 그때 당시 난 저수지를 보며 멍때리는 걸 좋아했었다. 기사님 몰래 창문을 열고 저수지를 보며 멍을 때리면 시원한 공기가 내 얼굴에 닿았다. 상쾌했다.

학년이 올라가고 4학년 때부터는 스쿨버스 노선이 바뀌어 더 이상 아침마다 봉선 저수지를 볼 수는 없었지만, 봉선 저수지 쪽 커브 길을 아빠가 좋아하셔서 자주 지나간다. 서천 읍내에 나갈 때면 여전히 자주 저수지를 볼 수 있었다.

차를 타고 지나가며 듬성듬성 자라난 나무들 사이로 펼쳐진 저수지의 윤슬은 항상 예쁘게 빛이 났다. 찰랑거리는 물 표면으로 햇살이 비추어질 때면 반짝거리는 윤슬이 일어나곤 했는데, 나는 가끔 넋을 빼고 보기도 했다. 마치 그 속으로 빨려 들어가는 듯했다.

그러다가 풍당 하고 물결이 치며 오리처럼 생긴 새가 고개를 내밀면, 금세 눈을 반짝이며 동생과 함께 창가에 붙어 그 귀여운 생명체를 구경하곤 했다. 집에 와서 도감을 찾아보니 뿔논병아리였다. 그 아인 물속으로 고개를 박고 잠수해서 물고기를 잡는 아이란다. 뿔논병아리 말고도 봉선 저수지에서는 다양한 새들을 만나

볼 수 있었다. 어릴 적 동물을 무척 좋아해서 망원경을 들고 자주 가족들과 함께 새들을 보러 가곤 했다.

봉선 저수지는 다양한 새들이 모여드는 곳이었다. 물버들 나무가 푸릇푸릇 우거진 여름에는 가마우지가 둥지를 틀고 새끼를 기르는 모습을 볼 수 있었고 겨울이 되면 철새들이 월동을 위해 봉선 저수지를 찾았다. 오리 무리가 물 가장자리에서 헤엄치며 그 뒤를 쫓아가는 새끼 오리들의 모습, 기러기 떼가 근처 논밭에서 먹이를 먹는 모습, 그리고 멸종 위기 동물인 우아한 백조 무리가 헤엄을 치는 모습도 본 적 있었다. 가끔 철새인데도 불구하고 아예 봉선 저수지에 눌러앉은 새들도 볼 수 있었다. 가끔 이름 모를 새를 발견하면 집에 돌아가 조류 도감을 뒤적이며 이름을 찾아냈다. 봉선 저수지 주위에 빛이 없어서 별 보기에도 제격이었다. 종종 아빠가 별 보기 수업을 하곤 했었다. 탁 트인 하늘 아래 여러 가족이 옹기종기 모여 촘촘히 수 놓인 수많은 별들과 나무 사이에 걸린 달님, 작고 귀여운 토성과 목성을 보던 게 기억에 남는다.

그곳에서 밤늦게까지 별 보기를 하고 나면, 그 옆에 딸린 물버들 펜션에서 사람들이 묵고 가곤 했다. 나도 한번 물버들 펜션에서 자본 적이 있는데 생각보다 훨씬 넓고 안락해서 좋았던 기억으로 남았다.

꼭 무언가를 보거나 하지 않아도 봉선 저수지는 자주 찾아갔다. 봉선 저수지를 둘러싼 산책로가 좋았기 때문이다. 서천군 마산의 마스코트 식물인 물버들 나무가 우거진 길은 적당히 그늘이 져 시원하고 맑은 공기가 상쾌했다. 최근에는 생태 학습 탐방교라는 저수지를 가로지르는 산책로 다리도 하나 생겼다. 산책로는 총거리가 약 7.12km라는데 난 아직 끝까지 걸어본 적은 없다. 사실 산책로가 그렇게 길었다는 것도 오늘 자료 조사하면서 처음 알았다.

자료를 조사하다 보니, 내가 모르는 봉선 저수지의 이야기가 꽤 많았다. 산책로를 쭉 따라가면 전쟁으로 집을 떠난 남편을 애타게 기다리던 아내가 바위가 됐다는 애절한 전설을 가진 부엉바위가 있다. 그냥 다른 저수지랑 같이 농민의 필요로 만들어진 평범한 저수지인 줄 알았는데 알고 보니 일제 강점기 때 식량 수탈을 위해 지어진 저수지 중 하나라는 것도 전부 처음 알았다. 머리가 띵 울렸다. 내가 자주 가던 저수지에 그런 가슴 아픈 역사가 있었다니. 익숙하고 잘 알고 있다고 생각해도 생각보다 내가 모르는 사실이 많았다.

하지만 여전히, 봉선 저수지는 내게 가장 익숙하고 친숙한 곳이다.

동백이 피면

◇◇◇◇◇◇◇◇◇◇◇◇◇◇◇◇◇◇

이가율

　가장 높은 언덕, 바닷바람을 오롯이 견딘 붉은 동백은 '사랑'을 의미합니다. 언덕 위에 피어난 작은 동백이 곳곳으로 퍼져 어느샌가 언덕을 가득 메우고, 한겨울의 추위 속에도 꽃을 틔웁니다. 언덕 아래로 깎아져 내린 절벽에 부딪히는 파란 바다의 파도 소리는 붉은 동백에게 닿지 못한 외로운 마디일지 모릅니다. 그 어떠한 감정도 부서지는 파도 위에 생겨난 포말처럼 금세 모습을 감추고 언덕 아래 아득히 펼쳐진 서해로 휩쓸려가는 이곳. 여행이 필요한 당신을 떠밀어 보내고 싶은 곳. 이곳은 서천 마량리 동백나무숲입니다.

계단을 타고 올라간 발걸음 끝에는 바다의 비릿한 내음과 동백의 향이 섞여 신비로운 분위기를 자아냅니다. 우뚝 솟은 소원 나무는 여러 사람들의 소망과 희망으로 가득 차 반짝입니다. 언덕 위 정자를 올라가는 돌계단 따라 핀 조그만 동백꽃은 당신을 꽃길로 이끌고 시원하게 펼쳐진 바다를 온전히 지켜볼 수 있는 편안한 쉼터이자 마음의 안식처가 됩니다.

겨울에도 얼어붙지 않고 붉은빛을 띠는 동백은 한겨울에 따사로운 햇살일 것이고, 한여름 숨어든 동백은 뜨거운 태양이 낯간지러워 초록만 남기고 떠난 수줍은 마음일 것입니다.

아, 당신은 동백을 사랑합니까? 붉은 동백처럼 한겨울 온 세상이 하얗도록 내린 눈 사이 붉게 빛날 만큼 열을 내어 사랑합니까? 동백이 아닌 그 무엇이라도 좋습니다.

이 글을 쓰는 나는 붉은 동백뿐만 아니라 세상에 존재하지 않는 것들까지 사랑해서 이 모든 게 갑작스레 끝나버릴까 두려운데 당신이라고 그러지 않을 리가 없을 게 분명합니다. 이런 사랑을 위해 용기가 필요한 당신을 어디론가 떠나보내야 한다면 푸른 서해가 흐르고, 붉은 동백이 사방을 메워 정신이 아득한 붉은 빛에 눈이 멀 것만 같은, 소설 속에 존재할 것만 같은 이곳, 동백나무숲으로 당신을 떠나보내겠거니와 가장 예쁜 오후 5시 서해의 잔물결 위로 누워 흐르는 윤슬을 한가득 모아 두 손 가득히 꼭 쥐고 오라 속삭이겠습니다.

　나는 푸른 바다를 사랑하고 당신은 붉은 동백을 사랑하니 우리 함께 사랑할 수 있는 곳, 어떤 색이든 가장 아름답게 빛나는 그런 곳에서 만나자고 새끼손가락 걸어 약속한 보고 싶은 사람을 향해 걷다 발걸음이 멈추는 곳. 추운 겨울을 애타게 기다리는 마음을 이해할 수 있는 곳. 그 어떤 운명적인 사랑도 기어이 가능케 하는 곳.
　보고 싶다 해도 볼 수 없고, 듣고 싶다 해도 들을 수 없는 당신이지만 당신을 지키고 싶은 나의 마음은 자신의 씨앗까지 내주고도 다음 해 다시 피어난 붉은 동백의 마음일 것입니다.

　당신에게 붉은 동백은 무엇입니까? 이 글을 읽으며 새로이 생각하게 된 어떠한 무언가 혹은 아주 예전부터 애정 깊이 생각했던 당신의 소중한 습관 그 이상이든 그 이하든 상관없습니다. 당신이 이 글을 다 읽을 즘에는, 적어도 이 글을 다 읽고 잠에 들을 즘에는 당신에게 붉은 동백이란 아주 사소하지만, 친밀감을 느낄 만큼 딱 그만큼의 존재 정도는 될 수 있으리라 장담할 수 있습니다. 당신에게 붉은 동백이 조금 더 가까워진 만큼 당신의 사랑에게도 조금만 더 가까워질 수 있는 용기를 이 글을 읽은 당신에게 선물할 테니 당신 또한 나의 사랑과 꿈에 도전할 용기를 빌어주길. 서로 빌어주었던 일들이 이루어지는 그날에 내 당신을 동백나무숲 한 가운데서 푸르른 파도의 모습을 하고 기다릴 테니 당신 또한 나를 한눈에 알아봐 주길. 그 자리에서 다시 서로의 행복을 빌어줄 수 있길.

추운 겨울에 피는 꽃, 붉은 동백은 '사랑'이 아니라 '희망'을 의미할지도 모릅니다. 겨울에 핀 나의 꽃은, 나의 붉은 동백은 희망입니다. 시리고 추운 겨울을 견디고 1년 내내 그칠 새 없는 서해의 바람을 견딘 붉은 동백은 내일은 덜 시릴 거라고, 더 화창할 거라고 생각하며 견딘 희망찬 내일입니다.

내 동백의 의미가 당신께 고스란히 전해지길 바라며

이 글을 읽고 있는 당신은 나의 가장 커다랗고도 어여쁜 붉은 동백입니다.

아버지와 이상재 생가

◇◇◇◇◇◇◇◇◇◇◇◇◇◇◇◇◇◇◇◇

최윤식

　하교하다 학교에 우두커니 서 있는 소나무를 보니 문득 이상재 선생님의 생가에 있던 소나무가 생각이 납니다.

　초등학교 때 아버지와 이상재 생가를 갔던 적이 있는데 아버지가 나를 업고 걸어가면서 노래를 불러주셨습니다. 생가 안을 들어가서 툇마루에 누워서 바깥 풍경을 바라보기도 했습니다.

　이상재 생가 쪽으로 걸어오다 보면 비석이 보이는데 어렸을 때는 그저 의미 없는 돌이라고 생각했습니다. 아버지한테 여쭈어보니 이상재 선생님의 추모비라고 알려주셨습니다. 추모비가 무엇인지 몰랐습니다. 위인을 기리고 기념하기 위한 목적으로 세운 비석이라는 것을 알았을 때, 이상재 선생님께서 얼마나 대단한 분이셨는지 알게 되었습니다.

이상재 생가 안으로 들어가다가 나는 문틀에 머리를 부딪혔는데 눈물이 날 정도로 아팠습니다. 그 옛날에도 아버지께서 문틀에 머리를 부딪히고는 머리를 문지르며 멋쩍게 웃으셨습니다. 그 당시 나는 키가 작았기 때문에 그저 웃기만 했는데 내가 막상 똑같이 부딪히고 보니 아버지와 같은 상황이 우습기도 하고 부전자전이라는 생각도 들었습니다. 아버지의 키가 182센티미터, 지금의 나는 190센티미터이다 보니 문의 높이가 우리 부자에겐 낮을 만도 했습니다.

이상재 선생님의 체구는 작았을 거라는 생각에

'위대한 사람은 키와 상관없이 위대하구나.'

생가터에는 초가집이 많이 보이는데 이상재 생가는 옛날에 복원해서 초가집의 지붕이 조금 어색한 부분이 없지 않아 있습니다. 이상재 생가 안에는 방은 많지만, 생각보다 좁습니다. 일제 강점기 시절은 근대화가 시작된 시절인데 초가집에 거주하셨다는 게 신기하고 집터는 아주 컸습니다.

옆에는 이상재 선생님 전시관이 있는데 들어가 보면 입구에 홍상이 있습니다. 나는 어디선가 본 듯한 얼굴이어서 한참을 들여다보고 아버지께 여쭈어보니 이분이 바로 그 이상재 선생님이라고 하셨습니다. 그때서야 서천 오거리에 있는 동상이랑 닮았다는 것을 생각해 내고 그동안 무심히 지나쳤던 오거리 동상도 이상재 선생님이라는 것을 알았습니다.

전시관에서 일대기를 보니 이상재 선생님이 이승만 전 대통령의 정치적 스승이라고 쓰여 있었습니다. 대통령의 스승이라고 하니 이상재 선생님께서 얼마나 대단한 분인가 깨닫게 되었습니다. 글을 쓰며 생각했는데, 서천 오거리에 있던 이상재 선생님의 동상은 너무 친근해서 마을 어르신 같았는데 이승만 전 대통령의 정치적 스승이라는 것을 알고 보니 멀게 느껴졌습니다.

이상재 생가에 툇마루에 앉아서 풍경을 바라보는데 옛날 아버지와의 추억을 생각하니 마음이 따뜻해지던 시간이었습니다. 그리고 나에게 이상재 선생님은 존경하는 독립운동가이시며 서천의 중요한 인물인 동시에 아버지와의 추억을 만들어 주신 인자한 마을 어르신이십니다.

천년의 숨결을 입다.

◇◇◇◇◇◇◇◇◇◇◇◇◇◇◇◇◇◇◇

강초희

"너희 지역에서 유명한 건 뭐야?"

"우리 지역? 우리 지역은 한산모시관이지"

물론 나만 이렇게 대답하는 것은 아닐 것이다. 많은 사람이 한
산 모시관이라는 데 동의할 것이다. 어린이집을 다닐 때, 초등학
교에 다닐 때 나는 매년 한산모시관을 갔다. 철없이 어린 시절 놀
이터나 다름없었다. 여러 가지 체험 거리가 많고 넓게 펼쳐진 초
록색 잔디 광장, 요즘에는 실제로 보기 어려운 모시짜기 시연 등
등 어린아이에겐 신기했다.

"한산모시관 할 것도 없는데 무슨 매년 가?"

"한산모시관이 할 게 없다고?"

나는 이 친구는 한산모시관을 잘 모르는 친구라고 생각한다.

한산모시관은 두 눈을 즐겁게 해주는 시연 장소도 마련되어 있고, 오감이 즐거워지는 체험 거리가 많은 곳으로 체험 거리만 10개다. 한산모시의 역사를 알려주고 실제 사용했던 베틀이 있는 한산모시관, 모시짜기 시연을 볼 수 있는 한산모시짜기 시연공방, 실제 모시를 짜던 토속관, 재미있는 이야기를 품고 있는 모시각, 여러 가지 유물이 보관되고 있는 저산팔읍길쌈놀이전수관, 한산모시관을 방문하는 사람들에게 모시관이 무엇을 하는 곳인지 설명을 해주는 한산모시홍보관, 방문자센터 등등. 전수교육관 내가 좋아하는 넓게 펼쳐진 초록색 잔디 광장은 한산모시 홍보관과 같은 장소에 있다. 이걸 보면 또 누군가는 나에게 물어볼 것이다.

"초록색 잔디는 학교 운동장에도 있는데?"

"학교 운동장에 있는 잔디랑은 달라"

학교 잔디랑 다를 게 뭐냐고? 학교는 매일 가는 곳이라서 익숙한데 한산모시관은 매일 가는 곳이 아니니까 갈 때마다 느낌이 다르다. 탁 트인 공간, 도시에서는 느끼기 개방감을 전달한다. 한산모시 홍보관과 붙어있어서 친구들과 재밌게 놀고, 홍보관 안에서 흘린 땀을 식힌다. 목이 마르면 물을 마시고, 배가 고프면 라면과 과자를 먹으면서 공간이 있다.

우리가 흔히 말하는 편의점, 학교의 매점과 같은 곳이다.

"놀거리는 이렇게 있다고 하고, 무슨 축제는 없나요?"

"축제요? 엄청 재밌는 축제가 있어요."

유네스코 인류무형문화유산으로 등재된 한산모시문화제가 있다.

한산모시문화제는 6월 초~중순에 열리는 축제이다. 한산모시문화제가 열리는 날짜와 내 생일이 겹치는 경우가 많았다. 어린 나는 생일에는 꼭 부모님과 같이 한산모시 문화제를 보러 같이 놀러 갔다.

내가 초등학교 1학년인 2017년도에 한산모시 문화제를 가서 엄마와 함께 그렸던 그림이 아직 남아있다.

초등학교에 다닐 때 무더운 6월 친구와 나는 그런 날에도 같이 한산모시문화제에 와서 놀았다.

신나게 놀고 지쳐 시원한 곳을 찾다가 들어가게 된 모시옷 입기 체험이 있던 방문자센터 이곳은 밖에서 느끼던 무더위 속 여름과 매우 달랐다. 그곳에 들어가니 안내원께서 우리를 안내해 주었다.

모시옷을 고르고 어정쩡하게 서 있는 우리에게 언니는 친절하게 포즈를 잡아주었다. 도와주신 덕분에 만족할 만한 사진을 찍었다. 미니베틀 짜기도 참여했다. 어린 우리가 한 번도 보지 못했던 베틀을 보고서 신기해하며 미니베틀짜기 체험이 있는 곳으로 걸어갔다.

베틀짜기를 신기하게 쳐다보는 우리를 보신 할머니께서 한 번 체험해 보겠냐고 물어보셨다.

눈앞에 있는 게 신기한 우리는 당연히 체험해 보겠다고 했다. 여러 가지 아름다운 색으로 염색된 실을 이리저리 번갈아 가면서 꼬다 보면 어느새 예쁜 팔찌가 완성되어 있다.

"재밌는 체험거리가 많구나. 그러면 혹시 재밌는 이야기도 있어?"

"당연하지."

한산 모시각은 애틋한 부부의 이야기가 전해오고 있다.

이 부부는 가난하지만 평생 싸우지 않고 건강하게 사는 것이 행복이라고 믿는 소박한 부부였다.

그러던 어느 날 남편이 이름 모를 병으로 시름시름 앓기 시작했다.

의원에게 가 보아도 아무런 차도가 없었다.

병세가 점점 심각해지는 남편을 아내는 걱정했다.

아내는 남편이 너무 걱정되는 마음에 지푸라기라도 잡는 심정으로 날마다 집 뒷산인 건지산에 올라가 백일기도를 드렸다.

"비나이다 비나이다 신령님께 비나이다. 이름 모를 병으로 시름시름 앓는 남편의 병을 꼭 고쳐 주시옵소서. 남편의 병이 쉽사리 낫지 않습니다."

아내는 포기하지 않고 매일 건지산 토굴에서 기도했다.

어느 날 아내 꿈에 산신령이 나타났다.

"내가 너의 정성에 반하여 두 가지 선물을 내릴 것이니 내일 건지산 기슭에 가 보거라."

아침에 눈을 뜨자마자 건지산 기슭으로 향한 아내는 그동안 한 번도 보지 못했던 신기한 풀을 발견했다. 그것은 키가 2미터 남짓 되고 밑동이 황갈색인 진귀한 약초였다. 아내는 그 길로 내려와 남편의 병을 고쳤다. 이런 이야기를 들으니 애틋하게 원하는 것이 있다면 모시각 기도터로 가서 소원을 말해보는 것도 괜찮지 않을까 생각한다.

"한산모시관에서 재밌는 추억거리를 만들기 쉬운 거 같아."

이처럼 한산모시관은 많은 추억을 만들 수 있다.

동강중, 자연과 어우러진 학교

◇◇◇◇◇◇◇◇◇◇◇◇◇◇◇◇◇◇◇

장윤서

비가 내리기 전에 밖으로 나가면 땅에서 산뜻한 냄새가 난다.

"벌써 여름이 끝나가는구나."라며 속으로 중얼거리다 보면 어느새 설레는 기분으로 학교 본관에 와있는 기분이 든다.

3년 전 여름의 끝자락 소나기가 내릴 때 처음 동강중학교에 왔었다.

학교의 첫인상, '시골의 조용한 작은 학교' 그것은 오해였다.

이 작은 학교의 교실 안으로 들어서기도 전에 친구들의 활기찬 목소리가 멀리서부터 들려왔다.

동강중학교에서는 정말 다양한 사건이 일어난다.

땅강아지들이 나올 때가 되면 길바닥에서 땅강아지들이 네댓 마리씩 쏟아진다.

여름이 가장 생명이 넘쳐나는 계절인 만큼 길가에서 정겨운 얼굴들이 많이 보인다.

비가 와서 축축해진 땅을 가만히 들여다보면 땅이 꿈틀거리는 것이 보이고, 곧 지렁이를 볼 수 있다.

잘 보면 나무 벤치에 앉아 있는 달팽이도 볼 수 있고, 도시에서는 보기 힘든 얼굴들도 보인다.

그중 특히 사슴벌레가 가장 사랑받는다. 수컷은 잘 보이지 않지만, 암컷이 가만히 앉아 있는 모습을 학교 끝나고 길을 가다 볼 수 있다.

수컷이 아니어서 길고 멋진 턱은 보이지 않지만, 작고 동글동글한 모습이 아담하다.

하늘소도 반가운 곤충 중 하나다.

물론, 다른 친구들은 커다란 턱이 싫다고 하지만, 하늘소의 얼굴을 가만히 들여다보면 멋스러운 턱과 긴 더듬이가 강인하게 생겼다.

그리고 힘든 학교생활이 끝난 후 밖을 보면 쏟아질 듯이 하늘에 수놓아진 별을 볼 수 있다. 하늘에 수놓아진 별을 보고 있으면 하루 동안 쌓인 스트레스가 사라진다. 학교에 천체 방과후 활동을 하면 별을 더 가까이 볼 수 있다.

밤하늘의 별을 망원경으로 보면 많은 별들이 보이는데, 별을 좋아하는 어떤 친구는 금성을 좋아한다. 지금도 내 옆에서

"금성에 관한 내용을 써!"

라며 닦달하고 있다.

하지만, 나는 금성을 내 눈으로 보는 것을 좋아한다. 밤하늘의 별 중 금색 빛으로 반짝이는 금성은 옛사람들이 왜 샛별이라 불렀는지 상기해 본다.

그래서 길을 가다 가끔 고개를 들고 가만히 서서 별을 본다.

동강중학교에서의 사계절은 언제나 상쾌한 자연이 담겨 있다.

여름이 되어 비가 오면 개구리가 보인다.

특히 서천은 해안가에 위치해서 그런지 비도 많이 오고, 눈도 많이 온다.

항상 소나기 철만 개구리가 우는 소리가 침대에 눕기 전부터 개굴개굴 들려온다.

가을이 오면 바닥에는 울긋불긋 낙엽이 깔리고, 높고 새파란 하

늘이 보인다.

겨울이 와 눈이 오면 다 같이 눈싸움해서 교실이 얼음 녹은 물로 축축해진다.

추운 겨울이 끝나고, 곳곳에 남아있는 눈이 조금씩 녹기 시작하면 학교 곳곳에서 눈을 뚫고 올라온 새싹들이 보인다. 그 새싹들이 조금씩 자라나서 꽃이 피면 비로소 따뜻한 봄이 왔다고 할 수 있다.

봄이 오면 동강중학교의 가운데 동은 초록색 담쟁이덩굴로 둘러싸이곤 했다.

가운데 동은 보통 본관이라 불린다. 본관은 동강중학교가 설립될 때부터 있던 건물이다.

동강중학교를 처음 설립하신 분은 이하복 선생님이다.

이하복 선생님은 가지고 계시던 모든 땅을 팔아서 시골에 있는 아이들이 공부할 수 있도록 이 학교를 설립하셨다.

그래서 본관에 가면 이하복 선생님의 따뜻한 마음이 담쟁이덩굴의 향긋한 풀내음과 초록색 빛에 남아있어 문득 내 마음도 따뜻해진다는 생각이 든다.

지금은 너무 오래된 건물이어서 철거됐지만, 그 따뜻한 마음은 아직도 모두의 마음속에 남아있다.

동강중학교는 특히 졸업하신 분들이 학교를 많이 사랑하신다.

가족 중 몇 명이 졸업생인 경우도 많고, 졸업하고 나서도 동강중학교를 자주 찾아오신다.

그렇게 동강중 졸업생분들이 동강중학교에 방문하시면 학교에 대한 자부심이 느껴진다.

3년 동안 동강중학교를 다니며 어떻게 보면 짧았지만, 또 길었던 거 같다.

학교에 다니며 속상했던 일, 행복했던 일 지나고 나니 모두 찰나의 일 같다.

이제 곧 졸업해서 이 학교를 떠나게 되지만, 10년이 지나도, 20년이 지나도 이 학교를 내 마음속에 간직할 것이다.

'문산' 그 집에 남은 추억

◇◇◇◇◇◇◇◇◇◇◇◇◇◇◇◇◇

임승혁

'문산' 나에게 추억과 경험을 준 보물상자 같은 곳이다.

나의 어린 시절의 대부분은 할머니 댁 문산에서 시간을 보내왔다. 주말, 방학 같은 쉬는 날에는 항상 문산으로 갔다.

문산 할머니 집은 늘 자연과 함께할 수 있는 곳이다. 집 앞에는 논이 펼쳐져 있었고 어린 나는 그 넓은 공간이 마치 나만의 놀이터인 것처럼 여겼다.

할머니 집 옆에 길에서 걷는 산책을 좋아했다. 거기서 산책할 때는 정말 편안해지고 마음속에 있는 걱정들이 전부 다 날아갔다. 길을 걸으면 보이는 나무들과 꽃, 바닥에 있는 작은 도토리, 색이 아름다운 감 그걸 먹는 다람쥐 등을 좋아했다.

항상 보이는 풍경도 다시 돌아올 때마다 꽃과 색이 변해있고 노을 지는 하늘은 항상 내 마음을 주황빛으로 물들였다. 문산은 항상 넓고 파릇파릇했다. 논에는 계절마다 다른 풍경이 펼쳐졌는데 봄이면 초록빛 새싹들이, 여름엔 반짝이는 물결과 짙은 푸름이, 가을엔 황금빛으로 물들어 가는 벼, 자연스럽게 그 평화로움을 내 안에 담았다.

할머니 집에서 조금만 걸어 나가면 작은 시냇물이 흘렀다. 사촌 형들과 그곳에서 발을 담그며 물장구를 쳤다. 물살은 세지 않았지만, 시원하게 발을 적셔주는 게 여름의 더위를 잊게 해주곤 했다.

문산의 풍경은 항상 그대로였지만, 그 속에서 나는 매일 다른 하루를 보냈다.

문산의 할머니 집은 사방을 둘러싼 산들이 사계절 내내 다른 매력을 선사한다. 봄에는 산벚꽃이 피고, 여름에는 푸르른 나무들로 가득하며, 가을에는 단풍이 물든다. 겨울이 되면 차분하게 눈이 덮여 한적한 분위기를 더해준다. 주변을 두른 꽃들은 화려한 조화를 이룬다.

할머니 집에서 보는 노을은 정말 예쁘다. 저녁이 되면 하늘이 천천히 주황색과 분홍색으로 변한다. 해가 산 너머로 넘어갈 때, 논 위가 주황색으로 물들고 마치 포근한 꿈속에 있는 것 같았다.

바람이 불면 벼들이 살랑거리며 노을빛을 머금고 춤추는 것처럼 보였다.

"이게 세상에서 제일 예쁜 순간이지."

노을, 산, 논

조용한 듯 시끄러운 종천

◇◇◇◇◇◇◇◇◇◇◇◇◇◇◇◇◇◇

김서진

　종천 앞에는 노을 지는 바다가 있다. 서천은 시골이어도 볼 게 참 많은 거 같다. 조용하지만 시끄러운 종천, 사람은 없어도 개는 많아서 시끄럽지만 그만큼 나도 시끄러울 수 있어서 좋다.

　종천에는 논이 많아서 다양한 생명체를 만날 수 있다. 난 어릴 때 개구리가 좋았다. 집에서 불을 켜고 있으면 방충망을 찢으려는 장수풍뎅이와 사슴벌레도 볼 수 있다.

　하지만 사람이 너무 없어서 조금은 외롭지만, 자유로운 면은 좋다.

　종천은 나무가 많다. 나무가 많으면 공기가 좋을 것 같지만 그렇지 않다. 할아버지들께서 담배를 태우신다. 나무 향보다 담배 냄새가 더 난다. 그래도 평화롭다.

할머니 할아버지들이 너무 친근하게 잘해주셔서 다 한 식구같이 좋다.

종천의 겨울은 진짜 상상할 수 없을 정도로 매우 예쁘다.

산이 눈에 다 덮여 하얀색이 된 산을 바라보면 맘도 편해지는 거 같다.

어릴 땐 잘 놀았지만 요즘은 바쁘다는 핑계로 잘 놀지 못한다. 나도 늙나보다, 에휴.

아침에는 딱히 알람이 필요가 없다. 새벽닭 소리와 개소리가 엄청 크기 때문이다. 그래서 조심해야 한다. 강아지한테 물리면 아야 하기 때문이다.

우리 종천은 가을도 예쁘다. 가을이 되면 산이 알록달록하다. 보고 있으면 어릴 때로 돌아간 것 같이 몽글몽글해진다. 바로 옆에 있는 시냇물이 있는 곳으로 걸어가다 보면 올챙이와 개구리가 많아서 잡곤 했다. 나는 부모님이 이혼을 하셔서 2학년 때 종천으로 왔다. 그다지 좋지 않았지만 그래도 행복하다.

생일 선물로 아빠한테 자전거를 받았다. 그걸로 종천을 누비며

다녔다. 자연 풍경을 글로 담을 수 없어 아쉽다. 종천의 환경을 한 번쯤 봤으면 좋을 것 같다. 나만 보기 아깝다. 바다는 깨끗하지 않지만, 가보면 기분은 좋아진다. 내가 본 것 중에 제일 예쁜 게 노을 질 때 바다.

아빠 말론 어릴 때 바로 앞바다도 걸어서 놀러 갔다 했는데 부럽다. 나도 그렇게 놀고 싶다.

난 도시보다 시골이 더 좋다.

시골은 풍경이 제일 좋다. 도시는 높은 건물이 많아서 저녁에 많은 별을 못 본다. 하지만 시골은 밤하늘에 밝은 별을 볼 수 있다.

게다가 대중교통을 편하게 이용할 수 있어서 자주 놀러 다닐 수 있다.

시골엔 놀 게 없으면 만들면 된다. 근처에 시냇물이 많다.

난 거기에서 혼자 소리를 듣고 있으면 마음이 편안하다.

시냇물이랑 새소리는 기분이 참 좋다. 시골은 흉가와 폐가가 많아서 밤엔 무섭다.

시골에 살면 건강해진다.

대부분 산을 타고 할머니와 할아버지를 도와드려야 한다. 그러

다 보면 저절로 건강해진다. 힘들어도 도와드리면 뿌듯하고 근육
도 생기니 얼마나 '럭키비키'인가?

할머니와 할아버지의 무한 사랑은 덤이다.

시끄러운 거 같아도, 조용하고 외로운 거 같아도, 든든하다.

나는 도시보다 시골이 좋다.

문헌서원

◇◇◇◇◇◇◇◇◇◇◇◇◇◇◇◇◇◇

김민서

매미가 찌르르 우는 푸릇푸릇한 여름, 문헌서원은 분홍색 배롱나무꽃이 색색이 수 놓였다. 배롱나무꽃을 구경하며 서원으로 올라가다 보면, 중간에 근엄하게 앉아계신 목은 이색 선생님을 지나쳐 붉은 나무로 세워진 홍살문과 그 앞에 하마비가 보인다. 이름이 하마비여서 그 옛날에 여기에 하마라도 살았나, 싶었는데 '이곳을 지나는 사람은 지위 고하를 막론하고 말에서 내려야 한다.'라는 일종의 표지판이었던 모양이다. 그래서 하마비(下馬碑)였구나. 어렸을 때는 한자를 몰라서 대체 그게 하마랑 뭔 상관이 있나 했는데 최근에 다시 가서 읽어보니 확실히 왜 하마비인지 알게 되었다.

어쨌든 하마비를 지나 문헌서원 안으로 들어가면 조그마한 정자와 네모난 연못이 있는데 옛날에 유생들이 고된 학업의 스트레스를 풀며 놀았을 것 같다. 하얀 호리병에 담긴 막걸리를 마시며 시끌벅적 떠들고, 서로 시를 지으며 놀고, 가끔 서원에 스승님에게 걸려 혼나기도 하고. 진짜로 그랬는지는 잘 모르겠지만 볼 때마다 머릿속에 그런 장면들이 그려진다. 사극을 너무 많이 봤는지도. 연못도 지나쳐 조금 더 올라가면 마침내 문헌서원이 모습을 드러낸다. 탁 트인 언덕 옆으로 자리를 지키고 있는 문헌서원. 지금으로 따지면 대학인 셈이다. 이곳에서 공부했을 유생들의 모습이 머릿속에 그려진다. 문헌서원 바로 옆에는 약수터도 하나 있다. 방문하는 사람들은 대부분 그 약수터를 모르는 것 같다. 많은 사람이 알았으면 좋겠다. 약수터에서 박으로 떠먹는 물은 정말 맑고 시원하니. 또 그 옆에 있는 언덕에서는 유생들이 국궁을 연습했다고도 한다. 체험해 본 적이 있는데 국궁 역시 쉽지 않았다. 활시위를 당기는 것 자체가 엄청난 힘이 필요했다. 그 당시 애꿎은 땅에만 화살을 꽂곤 했다.

초등학생 때 유생 체험을 한번 해보긴 했는데 음, 역시 공부는 그다지 내 스타일이 아니다. 차 마시는 법을 배운 건 재미있었다. 차향도 좋고 차분히 앉아서 차를 즐기는 게 마음이 안정되었다랄까. 차를 마신 것 빼고는 너무 옛날이라 잘 기억에 남진 않았다. 또 한 가지 기억나는 건 향을 들고 묵은 이색 선생님의 초상화를 모셔둔 '효정사'라는 곳에서 묵례했던 것 정도.

요 최근에는 한동안 문헌서원에 가지 않았었는데 이번 여름 방학에 배때기라는 한자 캠프가 있다고 해서 한번 다시 가봤다. 다시 간 문헌서원은 꽤 많이 바뀌어 있었다. 새로운 건물도 몇 개나 생겼고, 전통 호텔도 하나 더 짓는 중이었다. 이번에 처음 문헌서원에서 일박이일을 지내며 전통 호텔도 처음 이용했는데 정말 좋았다. 옛날 가옥으로 되어있어 한국의 전통도 느끼며, 시설도 깔끔하고 편리하게 되어있어 정말 좋았다. 호텔 음식은 또 얼마나 맛있던지. 따끈한 찌개와 윤기 나는 흰쌀밥에 고소한 불고기를 곁들이니, 천상계 음식이 따로 없었다.

새로 생긴 건물도 시설이 참 괜찮았다. 하나는 각종 프로그램을 하기 위해 만든 건물인 것 같았고, 하나는 전시관이었다. 전시관에 한 번 들어가 쓱 훑어보니 내부도 깔끔하고 보기 편하니, 예쁘게 잘 되어있었다. 또 그 안에 휴식 공간과 여러 가지 역사 관련 책들이 놓여있어 더 좋았다. 개인적인 의견으론 거기에 작은 카페가 있어도 괜찮을 것 같다. 요즘 관광객들도 꽤 많이 오는 것 같으니.

아 그리고 이번에 체험하러 갔을 때 국궁도 한 번 더 쏴봤는데, 여전히 쉽지 않았다. 하지만 힘이 더 세졌는지 몇 번 빗나가게 쏘다가 감을 잡아 과녁에 많이 맞춰서 뿌듯했다. 성장한 느낌이다. 국궁 체험은 정말 정말 재밌으니까, 다음에 방문할 일이 있으면 꼭 한번 해보길 추천한다. 다만 활을 쏠 때 팔이 굽지 않도록 조심하시길. 팔을 쭉 펴지 않은 채로 활을 쏘면 활시위에 팔이 쓸려 다칠 수도 있다.

문헌서원은 이렇게 할 것도 많고 아름다운 곳이다. 특히 호텔에서 묵으며 바라본 밤하늘이 아름다웠다.

나는 서천의 중학생입니다

초판 1쇄 발행 2025년 3월 10일

저자 동강중학교 H. 지구본 동아리

발행인 김영근

편집 김영근, 한주희

펴낸곳 마음 연결

주소 경기도 수원시 팔달구 인계로 120 스마트타워 1318

이메일 nousandmind@gmail.com

출판사 등록번호 251002021000003

ISBN 9791193471456

값 12000